銀 河 鉄 道 の 夜

银河铁道之夜

[日] 宫泽贤治 _著　　[日] 田原田鹤子 _绘

黄竞颖 _译

浙江人民出版社

目录 · *contents*

chapter 01　午后的课堂 ………… *001*

chapter 02　印刷厂 ………… *006*

chapter 03　家 ………… *009*

chapter 04　半人马星祭之夜 ………… *015*

chapter 05　气象轮柱 ………… *023*

chapter 06　银河火车站 ………… *026*

chapter 07　北十字星和普里奥新海岸 ………… *034*

chapter 08　捕鸟人 ………… *044*

chapter 09　焦班尼的车票 ………… *053*

用语解说 ………… *096*

chapter 01
午后的课堂

"同学们,你们知道这一片白茫茫的东西是什么吗?有人说它像一条河流,也有人说它像牛奶流淌出来的痕迹。"

黑板上挂着一幅巨大的黑漆漆的星座图,老师指着从上往下横跨星座图的一条乳白色的银道带,向大家问道。

柯贝内拉举起了手。接着又有四五个人陆续举起手来。焦班尼也打算举手,但又很快打消了念头。他隐约记得自己好像在哪本杂志上看到过,那应该是由无数星星组成的。最近,焦班尼几乎每天在教室里睡觉,没空读书,也没书可读,所以总让人觉得他是一副迷迷糊糊什么也不懂的样子。

但老师很快就发现了。

"焦班尼,你知道这是什么吧?"

焦班尼一听老师叫了自己的名字,"噌"的一下立马站了起来,可站起来之后却发现自己压根儿回答不上来。坐在前排的扎内利转过头来,看着焦班尼,偷偷地笑着。此刻的焦班尼已经紧张得脸都涨红了。

老师见状又说道:

"当我们用大型望远镜观测银河的时候就会发现它究竟是什么了。"

焦班尼觉得那就是星星,可还是没能马上答出来。

老师有点为难了,转而把目光移向了柯贝内拉身上:"那柯贝内拉你来回答一下吧。"

刚才还自信满满踊跃举手的柯贝内拉,现在却扭扭捏捏地站起来,什么也答不出来。

老师有点意外,盯着柯贝内拉看了一会儿,然后很快转过身去指着黑板上的星图,说道:"好啦,大家看这里。"

"当我们用精密的大型望远镜观测这条乳白色的银河时,就可以看到无数的小星星。焦班尼,你说是吧?"

焦班尼满脸通红地点点头。不知道从什么时候开始,他的眼睛里都

是泪花。

"是啊,我知道那是什么,柯贝内拉肯定也是清楚的,因为在他的博士爸爸家里,我们一起读过一本杂志,上面是这么写的。而且当时我们正读着那本杂志,柯贝内拉突然起身跑去他爸爸的书房,抱来了一本很厚的书,翻开了介绍银河的地方,我们两个还很忘形地欣赏了好一会儿那张一片黑漆漆上点缀着满满亮闪闪星光的绝美图片。我觉得柯贝内拉不可能忘掉这件事,他肯定是故意不回答的,因为他觉得我可怜。这段时间,不管早上还是下午我都工作得很辛苦,上学的时候没精神和同学们一起嬉笑玩耍,跟柯贝内拉也没怎么说话。这些柯贝内拉都看在眼里,却一句话也没说。"这么一想,焦班尼觉得自己很可怜,也觉得柯贝内拉有点可悲。

老师又说道：

"如果我们把天上的银河当作真的河流，那么那些小星星就可以看作河底的一粒粒砂石。如果再把这条河流想象成一大片流淌着的牛奶，那就更像天上的银河了。也就是说，这些数不清的小星星相当于漂浮在牛奶中的微小脂肪球。那这条河流的河水代表的又是什么呢？其实它是真空，它以一定的速度传递着光线，太阳和地球也正好飘浮在其中。也就是说，其实我们是生活在天上的那条河流里的。从这条河流中观测四周时，就跟水位越深越显得湛蓝的道理一样，银河越深远的地方，星星越是聚集，因而看上去就是白茫茫的朦胧一片。大家再来看一下这个模型。"

老师指着一个大型双面凸透镜，里面有很多闪闪发光的沙砾，然后继续说道：

"银河的形状跟这面凸透镜相似。这些一闪一闪的颗粒可以看作和我们的太阳一样能够自我发光的星体。太阳大致位于这片区域的中心，地球就在它附近。晚上的时候大家可以站在正中间的位置去观察这个凸透镜。从比较薄的这一面往里观察只能看到稀松的一些颗粒。从厚的那一面可以看到非常多的颗粒，也就是发光的星体。距离地球遥远的星系，看上去就是白茫茫的一片，这就是当今关于银河的理论。那么，这面凸透镜究竟有多大,这里面又有多少各种各样的星体,今天时间有限讲不完,留到下一堂自然课我们再来慢慢了解。今天正好是银河祭,大家记得到户外好好观察一下银河吧。好了,今天的课就先上到这里,大家收好课本和笔记。"

随之,教室里一片开关书桌盖和收拾书本的响声。同学们站起来恭恭敬敬地给老师鞠躬行礼后,便一窝蜂地冲出了教室。

chapter 02
印 刷 厂

焦班尼刚要走出校门时，看到班上的七八个同学还没回家，正围着柯贝内拉聚在校园角落的一棵樱花树下。他们好像在讨论制作蓝色王瓜[1]灯笼，然后带到今晚的银河祭活动上，放到河里去。

焦班尼大摇大摆快步地走出校门。他发现大街上每家每户都在为今晚的银河祭做准备，有的人在挂赤柏松球，有的人在侧柏[2]上装饰彩灯，一片热闹繁忙的景象。

焦班尼没有马上回家，他穿过三条街，来到了一家颇具规模的印刷厂。他向坐在门口柜台里的穿着宽松白衬衫的人鞠了一躬后，脱了鞋，然后穿过尽头的那扇门走了进去。虽然还是大白天，里面却已是灯火通明，一台台轮转印刷机[3]正在快速地运转着。一群头戴白布条、脸戴遮光镜的工人哼着小曲儿似的又是诵读又是数数，卖力地忙活着。

焦班尼从门口走到第三张高椅处，向坐在那里的人鞠躬行了礼。那

个人在架子上找了一会儿,然后将一张小纸片递给焦班尼,说道:

"今天就拣这些吧。"焦班尼从那个人的桌脚边拉出一个小木箱,然后径直走到对面灯光充足的墙角蹲下,开始用镊子将米粒般的铅字一个一个拣到小木箱里。有个系着蓝围裙的工人从焦班尼的身后经过,开玩笑道:

"哟,早啊!小'放大镜'。"旁边的四五个工人既没搭话也没回头看,只是淡淡地跟着笑了笑。

焦班尼揉了揉眼睛,继续埋头拣铅字。

傍晚六点钟刚过,焦班尼把拣了满满一箱的铅字和手上的小纸片再次核对了一遍后,才将小木箱拿给刚才坐在高椅上的人。那个人默不作声地接过木箱,而后微微地点了点头。

焦班尼再次向他鞠躬行礼后,打开门

出了屋子,径直走到柜台处。刚才那个穿着宽松白衬衫的人也同样一声不响,默默地递给了焦班尼一枚小银币。焦班尼瞬间喜笑颜开,向柜台里的人深深地鞠了一个大躬,然后拎起放在柜台下的书包,飞快地跑到大街上。焦班尼精神抖擞地吹着口哨,走进一家面包店,买了一块面包和一袋方糖,"嗖"地一溜烟就跑出去了。

chapter 03
家

焦班尼一路冲回家。他住在背街小巷的一间小屋子里。并排三扇门最左边的门口放着一只空箱子,里头种着紫甘蓝和芦笋,两扇小窗子都拉下了遮阳帘。

"妈妈,我回来了。身体有没有好些呢?"焦班尼一边脱鞋一边问道。

"啊,焦班尼你回来了呀,工作累坏了吧。今天天气很凉爽,我一整天都觉得很好。"

焦班尼踏上玄关进了屋子,母亲盖着白色被子,正躺在房间里休息。焦班尼顺势打开了窗户。

"妈妈,我刚买了一袋方糖,一会儿给您加到牛奶里去。"

"没事,我还不饿,你先吃。"

"妈妈，姐姐什么时候回来的？"

"姐姐下午三点左右回来的。你们都帮了我很多。"

"妈妈，你的牛奶还没送过来吗？"

"好像还没来。"

"那我去拿。"

"没事的，我不饿，你先吃点。你姐姐刚才好像用西红柿做了点什么放在那边。"

"好的，那我先去吃了。"

焦班尼从窗台上取下来一个装着西红柿的盘子，就着面包狼吞虎咽地吃了起来。

"妈妈，我觉得爸爸肯定很快就会回来了，因为早上我看报纸上说今年北方的渔况特别好。"

"是这样的，但你爸爸可能没出海捕鱼。"

"肯定出海了，爸爸才没有做那些蹲牢狱的事情。之前爸爸给学校捐了大蟹甲和驯鹿角，现在还摆在标本室里面呢。六年级上课时，老师们还轮流借去教室里用呢！"

"你爸爸说过这次回来要给你带件海獭[4]皮的外套。"

"就因为这个事儿，大家看到我就会提起，像是在嘲笑我似的。"

"大家说你坏话了？"

"嗯，是的，但是柯贝内拉从来没说过。他听到大家这么取笑我的时候，总是一副很同情我的样子。"

"柯贝内拉的爸爸跟你的爸爸在你们这个年纪的时候好像已经是特别要好的朋友了。"

"啊，所以爸爸之前会带我去柯贝内拉家里。那时候真的很开心。放学回家的路上，有时候我还会跑去柯贝内拉家里玩一会儿。他家有一个用酒精发动的小火车，有一个七节轨道组成的环形铁道，还有电线杆、信号灯，只有在火车通过时信号灯才会变成绿色。有一次酒精用完了，我们改用石油发动，结果整个发动机都被熏黑了！"

"是吗？还有这事儿呀！"

"现在我每天早上去送报纸的时候都会绕去他们家,但那儿总是特别安静。"

"那时候还很早呀,人家还没起床呢!"

"他们家有一只叫作'扎威尔'的小狗,尾巴跟扫帚似的。每次我经过的时候,它都会凑过来在我身上嗅来嗅去。总是跟着我一直到街角,有时候甚至跟得更远。今晚大家会去河边放王瓜灯笼,那只小狗一定会跟着去。"

"对呀!今晚是银河祭。"

"嗯,我出门拿牛奶也顺路过去看看。"

"好的,去玩一玩吧,但记得千万别跑到河里面去。"

"不会的,我就站在岸边看看。一个小时就回来。"

"多玩会儿吧。你跟柯贝内拉待在一起我也很放心。"

"嗯,我们肯定会一起玩的。妈妈,要不要帮你把窗户关上?"

"好,关上吧,天有点凉了。"

焦班尼起身关了窗户，收拾好盘子和面包袋，迅速穿上鞋，说了句"那我去玩一个半小时就回来"，便消失在黑夜中。

chapter 04
半人马星祭[5]之夜

焦班尼嘟着嘴，吹着令人觉得有点孤独的口哨，从黑洞洞的夜色下的扁柏斜坡街道上走下来。

斜坡下面有一盏高大的路灯，发出蓝白色亮眼的光芒。焦班尼顺着路灯的方向往下走，妖怪般一直跟在焦班尼身后的那个细长模糊的影子也逐渐变得更加浓黑而清晰，紧接着大摇大摆地来到焦班尼的侧面。

"我是一个威风凛凛的火车头，这里是下坡，速度很快。我现在要通过前面那个路灯了。看！我的影子就像圆规一样，画了一大圈，现在要跑到我跟前来了。"

焦班尼一边想象着，一边大步流星走过那盏路灯。此时，今天课堂上嘲笑焦班尼的扎内利正从路灯对面的昏暗小路上冒了出来，与焦班尼迎面撞上，他穿着一件崭新的尖领衬衫。

"扎内利，你要去放王瓜灯笼吗？"焦班尼话音都还没落，扎内利就从后面冲着他大喊："焦班尼，你爸爸要给你带海獭皮的外套回来！"

焦班尼顿时心口凉了一大截，脑袋瓜嗡嗡作响。

他冲扎内利大吼道："扎内利，你是什么意思？！"此时的扎内利已经进了对面一栋种着扁柏的房子里去了。

"扎内利为什么要胡说八道呢？！我明明什么都没有做！扎内利跑起来的时候就跟老鼠一个样，我又没做什么对不起他的事，却被他这么乱说，他简直就是个浑蛋。"

焦班尼的脑子里思绪万千，他急匆匆地穿过了大街。此刻的大街已被各式各样的彩灯和茂密的树枝装点得格外绚丽美妙。钟表店里挂着色彩斑斓的霓虹灯，每过一秒钟，猫头鹰钟的红宝石眼珠就会迅速转动；一个海蓝色厚玻璃器皿上装满了五光十色的宝石，仿佛星星一般缓慢地旋转着；另外一侧的铜制人头马缓缓地朝这边驶来。盛满宝石器皿的正中间有一张用绿色芦笋叶装饰的圆形黑色星座图。

焦班尼忘我地看着那张星座图。

这张图比今天课上看到的要小很多，但是只要把日期调到今天，然后转动星盘，整个星空就会呈现在这个椭圆形的玻璃器皿中。显而易见，中间那部分贯穿上下的是银河，仿若一条烟雾缭绕、白蒙蒙的带子，它的下方像是爆炸后弥漫着水汽的样子。玻璃器皿的后方放着一只小型三脚望远镜，正泛着黄光。最后面的墙壁上挂着一幅巨大的星座图，天上所有的星座都以各种不可思议的模样呈现在上面，比如野兽、巨蛇[6]、鱼、水瓶[7]，等等。"天上真的有蝎子[8]、大力神[9]吗？啊，我也想到上面去逛逛，顺便见识见识。"焦班尼一阵浮想联翩，站在那儿发呆了好一会儿。

焦班尼突然意识到自己还没帮妈妈拿牛奶，于是就离开了那家钟表店。焦班尼抬头挺胸，大幅摇摆着双臂，阔步穿过街道，虽然此时的他能感觉到身上的衣服有点紧，勒着他的肩膀。

空气非常清新，如同泉水般流淌在大街小巷和林立的店铺之间，大家用青绿色的冷杉和橡树[10]的枝叶装点着街旁的路灯，电气公司前的六棵法国梧桐树张灯结彩，眼前的景象令人仿佛置身于美人鱼的王国。小孩子们都穿着崭新的和服，吹着和星星相关的口哨[11]，边跑边喊着："半人马星，快快下雨吧！"还放着烟花，嬉嬉闹闹地玩得很开心。焦班尼低垂着脑袋，想着和这番热闹情景截然不同的事，急匆匆地往牛奶店走去。

焦班尼不知不觉走到了小镇的尽头，这里有一大片高高耸入星空的白杨树林。他踏进牛奶店黑色的大门，来到充溢着牛奶气味的昏暗厨房，脱下帽子，朝里头喊了声"晚上好"，但屋子里好像一个人也没有，静悄悄的。

"晚上好，不好意思，有人在吗？"焦班尼站直了身子又喊了一声。过了一会儿，一个年迈的老奶奶颤颤巍巍地走了出来，嘴边正嘀咕着什么，她的身体好像有点不太好。

"今天的牛奶没有送到我家里，我是过来拿牛奶的。"焦班尼担心老奶奶听不见，特别大声地说道。

"现在除了我没人在家，我不清楚这个事。你明天再来拿吧。"

老奶奶一边揉着红肿的眼睛，一边俯视着焦班尼说道。

"我妈妈生病了，晚上没有牛奶喝的话有点麻烦。"

"那你等会儿再过来吧。"老奶奶刚说完便转身走进里屋去了。

"好的，那谢谢您。"焦班尼鞠了躬，从厨房出来回到街上。

焦班尼走到十字路口正要拐弯的时候，看到对面通往小桥方向的杂货店前有几个模模糊糊的黑影和穿白衬衫的人交织在一起，原来是六七个学生，他们正吹着口哨，有说有笑地朝这边走过来，每个人手上都提着一个王瓜灯笼。

这些笑声和口哨声听着很耳熟，原来是焦班尼的同班同学。焦班尼

原本想掉头走开，但很快改变想法，干脆径直走上前，和他们迎面相遇。

"你们是要去河边吗？"焦班尼想这么说出口，却不知怎的，喉咙像被堵住了似的。

"焦班尼，你爸爸要给你带海獭皮外套回来哦。"刚才碰面的扎内利此刻又叫了起来。

"焦班尼，海獭皮外套。"大家也紧跟着嚷嚷起来。焦班尼整个脸都涨红了，不由自主地想加快脚步离开这些人，但发现柯贝内拉也在其中。柯贝内拉有些同情、沉默不语地看着焦班尼轻轻地笑了笑，像是在和焦班尼说"你不会生气吧"。

焦班尼躲开了柯贝内拉的眼神，和高个儿的柯贝内拉擦肩而过，不一会儿，这群人又吹起了口哨。在街角，焦班尼要拐弯的时候回头看了看，此刻，柯贝内拉也正回头望向焦班尼。随后，柯贝内拉又吹起了响亮的口哨，朝着隐约可见的小桥走去。焦班尼不知怎的，觉着很孤独，突然就跑了起来。这时，一群小孩子用手捂着耳朵，吵吵闹闹，一蹦一跳地从焦班尼身边经过，他们见焦班尼跑步的样子很滑稽，便"哇哇"地嚷笑起来。不一会儿的工夫，焦班尼便跑向了黑漆漆的小山丘。

chapter 05
气象轮柱[12]

牧场后面是一座坡度缓和的山丘,在北方大熊座[13]的辉映下,漆黑平坦的山顶显得比平常低矮,几乎与天空连成一片。

焦班尼沿着遍布霜露的林间小道往上爬。在黑漆漆的草丛和形色各异的繁密灌木丛中,小道被白色的星光照耀得格外清晰。草丛中有星星点点泛着蓝光的小虫,叶子也显得青翠而透亮。焦班尼觉得这很像刚才大家手上拿着的王瓜灯笼。

穿过黑漆漆的松树和橡树林,天空一下子开阔起来,由南一直延展到北的银河一览无余,山顶上的气象轮柱也清晰可见。一片又像风铃草[14]又像野菊花一般的花海阵阵飘香,让人仿佛置身梦境。一只鸟儿鸣叫着飞过了山丘。

焦班尼来到山顶的气象轮柱底下,将自己的整个身子埋进了冰冷的草丛里。

小镇上的灯光仿佛漆黑海底的宫殿般光彩夺目，隐约可听见孩子们的歌声、口哨声，还有断断续续的叫喊声。风从远处呼啸而来，吹得山丘上的草丛呼啦呼啦地响，焦班尼那被汗水打湿的衬衫也变得冰冷。此刻的焦班尼放眼望向从小镇的外郊一直延伸到远处的漆黑草原。

原野上传来了火车的声响。车厢上可见一排红色的小小车窗，火车上的旅客中有人在削苹果，有人在说笑，每个人都在做着自己的事情。想到这儿，焦班尼心里突感无以言喻的悲伤，他再次抬头仰望星空。

啊，天空中那条白色的带子就是由无数星星组成的。

可是不管怎么看，焦班尼都觉得此时的天空不像白天老师所说的那么空旷，那么了无生气，反而越看越觉得像是一片小森林，或是一片牧场，甚至是一片草原。焦班尼还看到泛着蓝光闪闪烁烁的天琴星[15]，先是出现了三四颗，一闪一闪亮晶晶，一会儿伸出脚来，一会儿又收回去，最后伸得长长的，像蘑菇一般。而眼底下的城镇白茫茫的一片，仿佛是群星聚集的星空，又仿佛是一团巨大的烟雾。

chapter 06

银河火车站

焦班尼发现身后的气象轮柱不知不觉变成了一个模糊的三角形，像萤火虫似的一闪一灭，而后渐渐变得越来越清晰，最终一动不动地高高耸立在浓重铁青色的空中原野之上。角标就像是新锻造的青色钢板一般，直挺挺地矗立在这天空原野中。

就在此时，不知从何处传来了一个奇妙的声音："银河火车站、银河火车站。"焦班尼正思索着，突然眼前一片雪亮，仿佛是亿万只萤火鱿的亮光，一下子变成了化石盈满整个天际。又像是宝石商为了抬高价格而故意对外宣称难以采取、实属珍贵，却一不小心被人打翻，洒落一地的私藏宝石。焦班尼觉着眼前一片闪闪亮亮，便不自觉地揉了好几次眼睛。

焦班尼回过神来的时候，发现自己正坐在刚才那辆咣当咣当作响的小火车上，一刻不停地往前奔驶着。

焦班尼居然真的就坐在这辆行驶于夜间的轻轨上，车厢里蓝色天鹅绒布料套着的座位上方亮着一盏雕成两朵牡丹花的黄铜壁灯。

焦班尼发现前面座位上有一个高个子男孩，他的黑色上衣湿漉漉的，正背着他把头伸出窗外，欣赏着车外的风景。焦班尼看着这个孩子的肩膀，觉得十分熟悉，好像在哪里见过，忍不住想知道对方究竟是谁。正当焦班尼打算稍稍探头看看这个孩子是谁的时候，那个小孩突然把头缩回车厢内，并看向了焦班尼。

那个小孩竟然是柯贝内拉。

焦班尼正想问柯贝内拉："你一直都在这里吗？"柯贝内拉抢先开口："大家特别卖力地奔跑，可是都没赶上这辆火车。扎内利也跑得非常快，他也没能追上。"

焦班尼一边想着"那这样的话，正好我们两个一起去玩"，一边说道：

"要不在哪里等等他们？"

"扎内利已经回家了。他爸爸把他接走了。"

说到这儿，不知为何柯贝内拉的脸色有点苍白，好像是哪里不舒服似的。而此刻的焦班尼沉默不语，像是把什么东西落在了什么地方，一副心情难以描述的样子。

柯贝内拉再次望向窗外，瞬间振作精神，兴致勃勃地说道：

"啊，糟糕！我忘带水壶了，画册也忘了。不过没关系，马上就要到天鹅[16]站了。我特别喜欢白天鹅，一看到它们心情就会好起来。无论它们飞得多远，我都能看到。"说着说着，柯贝内拉拿出一张圆盘板一般的地图，不停地转动着观察。那上面有一条铁道，沿着白茫茫天河的左岸一直往南延伸。令人惊叹的地方在于，这张如同夜晚般漆黑的地图上，清晰可见一个个车站和角标、泉水和森林，闪烁着蓝色的、黄色的、绿色的绝美光束散落在四处。焦班尼好像在哪里见过这张地图。

"这张地图在哪里买的？这是用黑曜石做的吧？"焦班尼问道。

"这是在银河站拿的，你没要一张吗？"

"啊，我刚才经过的是银河站吗？那我们现在是在这儿吧？"

焦班尼指着天鹅站标示的正北方问道。

"是的。"柯贝内拉又说道，"你看，那河岸的光亮是月光吗？"

焦班尼朝河岸望去，闪耀着蓝白色光芒的银河岸上，有一大片狗尾巴草在银色的天际随风摇曳,掀起一片片波澜。

"那不是月光,银河本身就会发光。"焦班尼一边说着,一边不停地用脚跺着地板,心情好到整个人都快飞起来了。他把头探出车窗,高声吹起和星星相关的口哨,并拼命地拉长身体,为了能够仔细地看看天河水。可一开始怎么也没法看清楚,慢慢地用心观察之后,焦班尼发现那美丽的天河水比玻璃更加透亮,比氢气更加透明。有时候也许是因为眼睛的错觉,还会看到天河水泛着一缕缕紫色的光芒,如同彩虹一般,光彩夺目,静谧地不停奔流向前。原野上到处可见发着磷光[17]的角标,远小近大,远处的角标呈现出鲜明的橙色和黄色,近处的则发出略微朦胧的银白色光芒。这些角标的形状有的是三角形,有的是四边形,有的是闪电形,甚至还有锁头状的,千姿百态地矗立在原野上闪闪发光。

焦班尼兴奋不已,脑袋不由自主地摇晃起来。一瞬间仿佛整个原野上泛着各色光芒的角标都充满了生命气息,也跟随着抖动起来。

"我真的来到了天上的原野。"焦班尼兴奋地说道。

"而且这列火车不是烧煤的呢。"焦班尼把左手伸出车厢,透过车窗朝前方望去。

"是用酒精或者电气的吧?"柯贝内拉说道。

这列美丽的小火车在一片随风飘摇的狗尾巴草中，在泛着光芒的天河和角标中，咣当咣当咣当不停往前行驶着。

"看，龙胆花[18]都开了，已经进入深秋了。"柯贝内拉指着窗外盛开的龙胆花说道。

铁轨两旁的低矮草丛中绽放着一簇簇美丽的紫色龙胆花，仿佛月长石[19]雕刻的一般。

"我想跳下去摘一朵，然后再上车。"焦班尼跃跃欲试。

"来不及了，火车已经跑远了。"

柯贝内拉话音未落，火车又经过一簇闪烁着光芒的龙胆花。

随后，一簇又一簇的黄色花蕊的龙胆花冠仿佛雨水一般涌来，又从眼前消逝。一个个角标如同燃烧的烟雾一样，忽隐忽现，闪闪耀眼，发出光芒。

chapter 07
北十字星[20] 和普里奥新海岸

"妈妈会原谅我吗？"

柯贝内拉突然有点结巴，急切地说了这句话。

"是呀，我的妈妈也在那个遥远的，尘埃般渺小橙色的角标附近，此刻妈妈一定在想着我。"焦班尼一边这么想着，一边发呆着沉默不语。

"如果可以让妈妈感到幸福，我愿意为她做任何事情。但是什么才是妈妈最想要的真正幸福呢？"柯贝内拉似乎在强忍着不让自己哭出来。

"你的妈妈明明好好的呀！"焦班尼感到很是惊讶。

"我不知道，但是不论是谁，只要做了好事，就一定会是最幸福的吧。所以我觉得我的妈妈会原谅我的。"柯贝内拉看起来好像是下了什么决心般回答道。

车厢突然亮堂了起来。看过去，河水正无声无息地流淌在闪烁着星光的银河上，河床上布满了钻石、沾满露珠的草木以及其他一切美丽壮观的东西。河流中央坐落着一个岛屿，沐浴在朦朦胧胧的银白色光芒之中。

火车继续向前，岛屿和十字架慢慢消失在车厢之后。

对岸散发着银白色的光晕，不时可以看见狗尾巴草随风飘摇。刚才那银白色的光晕还是朦胧模糊，仿佛没了气息一般，这会儿又见草丛中若隐若现许多龙胆花，看起来像是一团团温和的磷火[21]。

有那么一瞬间，天河和火车之间的大地被狗尾巴草全部覆盖，天鹅岛在车厢后隐约显现了两次，很快越变越小，像是画上的一个小点。狗尾巴草又在随风沙沙作响，而后整个天鹅岛消失在远处。不知什么时候焦班尼

的身后来了一位个子高挑、头戴黑巾的天主教修女。她那一对圆圆的绿眸垂视着下方，虔诚地聆听着对岸是否还会传来什么声音。乘客们安静地回到了自己的座位，柯贝内拉和焦班尼两人的内心涌出一股从未有过的类似悲伤的情感，他们不由分说地换了其他话题轻声交谈起来。

"马上就要到天鹅站了！"

"对，十一点准时到！"

很快，绿色的信号灯和朦胧的白色柱子从车窗外一闪而过，道岔前硫黄般浑浊的灯光也从窗外闪过。火车逐渐慢了下来，不久便看到了月台上一排排温和整齐的路灯，灯光越来越亮，越来越延展，柯贝内拉和焦班尼两人所在的车厢正好在车站的大时钟前停下。

凉爽的秋日里，时钟表盘上的两根蓝色指针正好指向十一点。人们一窝蜂地都涌下车，车厢里瞬间空空荡荡。

时钟下面贴着"停车二十分钟"的指示。

"我们也下车看看吧。"焦班尼说道。

"走吧，下车去看看吧。"

两人一起跳出了车厢，朝检票口走去。但是检票口处一个人也没有，只有一盏泛着紫光的电灯亮着。四处看了看，连站长和搬运工都没看到。

两人来到了车站前一个被水晶雕刻的银杏树围绕着的小广场上。从小广场出去的一条大马路径直通往泛着蓝光的银河中去。

刚才下车的人们不知道去了哪儿，都消失在车站，一个人影也没看到。两人并肩走在那条白色的街道上，他们的影子像是屋里的两根柱子，而这个屋子的四面都有窗户，影子又像是车轮的辐条一般，以辐射状往四面八方延伸而出。不久，两人来到了从刚才火车上能看到的美丽河岸。

柯贝内拉抓起了一把美丽的细沙，在手掌里摊开，用手指沙沙地翻动着，梦呓般说道：

"这些沙子全部都是水晶，每一粒水晶里面都有一小股火焰在燃烧。"

"是呀。"不知道在哪里学到过类似的内容，焦班尼一边思考着一边含糊地回答道。

河岸上的小石子全都晶莹剔透，有的像水晶和黄玉，有的则充满了褶皱，有的像是从剑锋闪耀出苍白云雾的刚玉[22]。焦班尼跑到河岸边，把手浸入河水中。但是奇怪的地方在于那银河水虽比氢气还清透，却能让人真真切切地感受到它在流动。两人手腕浸入的河水处浮现出淡淡的水银色光泽，闪闪动人，扑打着手腕的浪花泛起美丽的磷光，像是正在燃烧一般。

望向河岸上游，只见长满狗尾巴草的山崖下，白色岩石仿佛平坦宽阔的运动场一般，沿着河流延展出去。隐约可见岩石上有五六个人影，似乎在挖掘或掩埋什么东西，一会儿站立，一会儿蹲下，有时还有不明的工具在明晃晃地泛着白光。

"要不我们一起去看看吧。"两人异口同声地说道，然后朝岩石跑去。在白色岩石的入口处，有一块光滑的陶瓷指示牌，上面写着"普利奥新海岸"。对面河岸上立满了细细的铁栏杆，还放有别致的木质长椅。

"快看！这东西有点奇怪。"柯贝内拉好奇地停住了脚步，从岩石上捡起了一颗黑长尖细、类似核桃的果实。

"这个是核桃。你看，有很多，不是随河水漂来的，就长在这岩石上。"

"这个核桃好大呀，比普通的要大一倍。这一颗还是完好无损的。"

"我们快去看看那边是怎么回事，都在挖些什么。"

两人拿着锯齿状的黑色核桃往刚刚看到的那群人走去。左手边的河岸上，波浪像温柔的闪电一般一闪一闪地拍打过来，右侧的山崖上有一片银子和贝壳一般的狗尾巴草在随风摇曳。

走近一看，一位有学者风度的高个子男人，戴着一副厚重的近视眼镜，穿着长靴，正一边在笔记本上记录着，一边认真指导着三位拿着十字镐和铁锹的助手进行挖掘工作。

"小心别碰坏那个凸起的地方。要用铁锹，用铁锹。稍微离远一点儿挖。不行，那样不行。怎么弄得这么乱糟糟的！"

仔细一看，在雪白松软的岩石中横躺着一具残缺的巨兽白骨，已经被挖出来一大半以上。留意旁边的位置，可见十几块四四方方的岩石，上面有两只蹄子印，全部被编码，整整齐齐地摆在地上。

"你们是来参观的吗？"其中一位有学者风度的人扶正了眼镜，看向两人问道。

PLIOCENE COAST

"你们是不是看到很多核桃？这些可都是一百二十万年前的核桃了。还算是新的呢！一百二十万年前，也就是地质时代的新第三纪[23]末的时期，这里是一片大洋，这底下会发现很多贝壳化石。现在河水流过之处可见曾经海水涨潮、退潮所侵蚀过的痕迹。这具巨兽白骨是来自一种叫作'波斯'的野兽。喂喂！那边不能用十字镐刨！要用凿子仔仔细细地凿。'波斯'是现在牛类的祖先，以前这里到处都是这种动物。"

"那你们挖掘出来是要制作标本吗？"

"我们是为了考证，并不是制作标本。根据我们的分析，这一带的地质都相对厚实且坚固，有很多证据可以证明是大约一百二十万年前形成的。在和我们有不同观点的人们眼里，这里以前是不是这样的地层，还是只有风、水或者广阔无边的天空？我说的你们能听懂？喂喂喂，那一块不能用铁锹，下面埋的可能是肋骨。"大学者急忙跑了过去。

"没时间了，我们回去吧。"柯贝内拉看着地图和手表说道。

"那我们先告辞了。"焦班尼礼貌地给大学者鞠躬行礼。

"是吗？那就再见了！"大学者又开始忙着四周游走，监督指挥挖掘工作。柯贝内拉和焦班尼为了能赶上火车，像风一般地在白色的岩石上狂奔着，但两人不气喘也不觉得腿酸。

"要是能一直这么跑着,那跑遍整个世界也不是个问题。"焦班尼心里这么想着。

两人穿过了先前经过的河岸,检票口的灯光渐渐映入眼帘,不一会儿,两人已经回到了原来的座位上,从车窗往外眺望刚才跑过来的地方。

chapter 08
捕 鸟 人

"请问这里可以坐吗?"

从两人后面传来了一个沙哑但亲切的大人声音。

那是一个穿着一件有点破旧的咖色外套,将一条白布包裹着的行李挎在肩膀两头,蓄着红色胡须,有点驼背的人。

"可以的。"焦班尼耸了耸肩回应道。那个人胡子上扬微微一笑,把行李轻轻放在行李架上。不知为何,焦班尼心里猛地涌起了一股难以言喻的孤独与哀伤,他默默地看着正前方的钟表,远处传来了一阵清脆的哨音,火车慢慢开动了。柯贝内拉四处张望着车厢的天花板,发现一只独角仙停落在一盏电灯上,在天花板上留下一个大大的黑影。那个红胡子像是在怀念着什么似的,一边笑着一边盯着焦班尼和柯贝内拉。火车速度慢慢加快了,狗尾巴草和河流逐渐消失在车窗外。

红胡子略有些怯生生地向两人询问道：

"你们两位要去哪里呀？"

"哪里都可以去，想去哪里就去哪里。"焦班尼有点不好意思地回答道。

"这样也挺好的。其实这趟火车哪里都可以到的。"

"那你又是要去哪里呢？"柯贝内拉用有点找碴儿的语气反问红胡子，焦班尼见状忍不住笑了出来。这时候坐在对面的乘客朝这边瞄了一眼，也笑了，这个乘客戴着一顶尖帽子，腰间挂着一串大钥匙。柯贝内拉红着脸，也跟着笑了起来。好在红胡子没有生气，但是可以看出来他的脸抽搐了几下，回复道：

"我很快就要下车了。我是靠捕鸟为生的。"

"你捕的是什么鸟？"

"仙鹤、大雁，还有白鹭和天鹅。"

"仙鹤多吗？"

"很多的！这种鸟一直在叫，你们没有听到吗？"

"没有呀。"

"现在也还在叫的，你们竖起耳朵仔细听听。"

两人瞪大了眼睛，竖起了耳朵，仔细倾听。听到的是咣当咣当的火车声和风吹狗尾巴草传来的一阵阵如泉涌般的潺潺声。

"怎么才能捕捉到仙鹤呢？"

"你说的是捉仙鹤还是白鹭？"

"白鹭吧。"焦班尼觉得说哪个都行，便随口应付道。

"捉白鹭不是什么难事。它们是天河的沙子凝固而成的，终究是要回到河边的，所以只要在岸边候着，在白鹭飞回来，双腿快要着地的瞬间，迅速上前按住，这么一来，白鹭马上就会僵硬住，然后安心地死去。之后就不用多说了，把它们压扁风干即可。"

"把白鹭压扁风干？是要制作成标本吗？"

"不是制作成标本。难道大家没有吃过吗？"

"奇奇怪怪的。"柯贝内拉歪着脑袋说道。

"没什么奇怪的,你们来看。"红胡子一边说着,一边起身从行李架上取下自己的包裹,麻利地打开。

"你们看,这是我刚刚捉到的。"

"真的是白鹭啊!"两人不由自主地叫起来。十几只雪白的,如同刚才北方的那座十字架一般泛着光芒的白鹭,身体有些平展,黑长的细脚蜷缩着,像浮雕品似的被整齐地摞成一排。

"眼睛是闭着的。"柯贝内拉用手指轻轻地摸着白鹭紧闭的月牙般的细长眼睛。它们头上如长枪一般的白冠毛仍然完好无损地竖立着。

"是吧,我说的没错吧。"捕鸟人一边说着,一边用袋子将白鹭一层一层地包裹好。"究竟是谁会在这里吃这些白鹭呢?"焦班尼寻思着问道:

"白鹭肉好吃吗?"

"每天都有人下单呢!但是大雁肉比较畅销。大雁肉质比较好,而且不费事,你们看。"红胡子捕鸟人又利索地打开了另一个包裹,只见黄蓝斑纹的大雁像灯光一般闪耀,和刚才的白鹭一样,闭着鸟喙,身体平展着，被平整地叠在一起。

"这些大雁肉可以马上吃的。怎么样，你们两位要不要现在试吃一下？"捕鸟人轻轻地拉了下大雁黄色的脚，大雁脚就像是巧克力做的一般，一下子就被掰开了。

"怎么样，要不要尝尝看？"捕鸟人把大雁脚掰成两半分给两人。焦班尼接过大雁脚尝了一下，心想："这不就是点心吗？比巧克力还要好吃。但是怎么会有这种大雁呢？这个人一定在这片草原上的某个地方开着一家甜点店吧？而我一边吃着人家的点心，一边又有点看低人家，实在有些卑鄙！"话虽如此，嘴里还是不停地吃着。

"再吃一点儿吧！"捕鸟人又打开了包裹。其实焦班尼还想吃，但礼貌地婉拒道：

"不了，谢谢您。"捕鸟人转而把大雁肉拿给坐在对面的身上挂着一串钥匙的乘客。

"真不好意思，拿了你做生意的东西。"那人见状赶紧摘下了帽子说道。

"不用客气的。你觉得今年的候鸟情况如何？"

"今年候鸟多得不行！前天上第二个夜班的时候，接到了很多个电话，抱怨在规定亮灯的时间内灯塔被关掉了。什么啊！根本不是我关的。那是因为候鸟成群结队地从灯塔前飞过，黑压压的一片把灯塔围得严严实实，我根本没办法呀！这些人跟我抱怨诉苦，我也无计可施。所以我对这些打电话来的人说去找那些披着斗篷、嘴巴和腿都细得不像样的候鸟投诉去吧，哈哈！"

狗尾巴草已经消失，对面的田野上射来一道强光。

"为什么吃白鹭比较费劲呢？"柯贝内拉一开始就想着这个问题。

"那是因为吃白鹭肉前，"捕鸟人将身子再次转向柯贝内拉，回答道，"需要把白鹭挂在天河的亮光处十天，或者将白鹭埋在沙子里三四天。这么处理才会挥发掉白鹭身体里的水银，然后才能吃。"

"这不是鸟类吧！我觉得就是普通点心。"柯贝内拉也有同样的疑惑，他很直接地问了出来。捕鸟人有点慌张地说道：

"我得在这儿下车了。"他起身拿了行李，下了车很快就不见踪影了。

"捕鸟人是要去哪儿呢？"

两人互相看了一眼对方，一脸疑惑。灯塔看守人微笑着稍稍地舒展

了身子，从两人旁边的车窗向外望去。两人也同时朝同一个方向张望着，只见刚才那位捕鸟人站在河岸边一片长着泛着黄色和银白色磷光的鼠曲草[24]的草地上，神情严肃地张开双臂，一动不动地望着天空。

"他在那里！样子有点奇怪，肯定是又要开始捕鸟了。趁火车还没开动，赶紧多捕一些鸟。"

话音未落，一群和刚才一样的白鹭从桔梗[25]色的辽阔天空中鸣叫着而来，如同漫天雪花般纷纷飘落。此时的捕鸟人愉快地将两腿张开六十度稳稳地站立着，一副想要将白鹭全都收入囊中的模样，双手依序抓住白鹭准备落地逐渐收缩的黑色细爪，然后从一边按住放入自己的布袋。布袋中的白鹭像是萤火虫一般，闪烁着蓝光而后逐渐熄灭，最后变成灰白色，并闭上了眼睛。更多的白鹭没有被捕捉，它们都平安无事地降落在天河的沙滩上，鸟爪在落地却还未着地的时候，如同白雪融化一般逐渐收缩然后变得扁平，不一会儿像是从熔炉中流出的铜水一样，在沙滩和碎石间蔓延开来。不久，整个白鹭的身形便显现在沙滩上，闪烁了两三下，之后便黯淡下来，和周遭融为一体。

捕鸟人抓了二十几只白鹭放入布袋后，突然举起了双手，像是中弹士兵临死前的模样，随即又消失不见了。

"啊，真是爽！能够找到适合自己的工作，而且还能够挣钱，简直没有比这更好的事了。"

焦班尼的耳边传来了熟悉的讲话声，转身一看，只见捕鸟人正在把刚刚抓到的白鹭一只只整整齐齐地摆好并摞在一起。

"你是怎么做到一下子从那边跑来这儿的呢？"焦班尼觉得这事儿并没什么不可能，又觉得不合情理，充满疑惑地问道。

"为什么？因为我想来所以来了，那你们又是从哪里来的呢？"

焦班尼一下子答不上来，自己也没想清楚是从哪里来的。柯贝内拉也涨红了脸蛋，好像在想着什么。

"哦！我明白了，你们应该是从遥远的地方来的吧！"捕鸟人恍然大悟般微微点了点头说道。

chapter 09

焦班尼的车票

"这里已经是天鹅区的尽头了,你们看,那就是著名的阿尔比里奥[26]监测站。"

窗外如同点缀着烟火而璀璨夺目的银河中央,矗立着四栋黑色的巨大建筑物,其中一栋平顶屋上有两颗如透明的蓝宝石和黄玉一般的大圆球体,光彩照人,安静地缓缓地转动着。黄色的球体逐渐转向对面,而蓝色的小球则慢慢地转向这一侧,不久,两颗球体便重合在一起,形成了美丽的翠绿色的双面凸透镜。慢慢地正中间的部位开始膨胀,最终蓝球完完全全来到黄球的正面,于是出现了一个绿色核心闪着黄色的光环。接着继续往侧面转动,很快形成了一个与前面相反的凹面镜。而后,蓝球向对面移动,黄球朝这边转动,最终重新变回了最初的样子。在银河那无形无声的流水包裹下,漆黑的气象站像是沉睡了一般,静静地横卧在那儿。

"那是测量水速的机器,也可以测水的……"捕鸟人话才说到一半。

"请各位出示车票。"不知何时,三人座位旁边站了一位头戴红帽子的高个子乘务员。捕鸟人一声不吭地从口袋里掏出一张小纸片,乘务员微微瞥了一眼,立刻转移视线,然后一边问道:"那你们的呢?"一边向焦班尼和柯贝内拉伸出手来。

"啊,糟糕!"焦班尼面带尴尬,扭扭捏捏不知该如何是好。此时,柯贝内拉很自然地拿出了一张鼠灰色的车票。

这下焦班尼可急坏了,手忙脚乱地摸了摸上衣口袋,心想"说不定就放在这里"。没想到居然摸到了一大张折叠纸片,心里琢磨着是什么时候放进来的。焦班尼赶忙掏出来,原来是一张折成了四块明信片一般大小的绿色纸片。乘务员正站在旁边伸手等着,焦班尼没管太多,先把那张纸片递给了他。乘务员站得笔直,恭恭敬敬地打开那张绿色纸片,一边查看一边不停地摆弄着上衣的纽扣,就连灯塔看守也全程热心地关注着。此时的焦班尼感到一阵热流涌上胸腔,心想着这应该是某种证明,可激动了。

"这是从三次元空间[27]世界带来的吧?"乘务员问道。

"我也不知道。"焦班尼听着没什么大碍,于是安心下来,抬头微笑着回答道。

"那好,南十字车站在三点钟到达。"乘务员把纸片递还给了焦班尼,然后往前走去。

柯贝内拉迫不及待地想要一探究竟，翻看着那张纸片到底是什么。焦班尼也想快点好好地看一看。只见那张纸片上印满黑色蔓草花纹的图案，其中还有十几个奇奇怪怪的字。当两人默默注视的时候，竟然产生一种要被吸进去的感觉。在一旁的捕鸟人看着纸片，惊叹道：

"哎呀！这个东西可了不得了！这是可以去往天堂的车票呢！不仅仅是天堂，简直就是一张畅通无阻的万能通行证呢！难怪你们可以在这不完全的幻想四次元[28]银河铁道上来去自如，原来你们拥有这么一张车票呀！你们两个真是不简单的人物。"

"什么呀！我一点儿也不知道！"焦班尼红着脸回答道，同时把那张纸片折叠好放回口袋。焦班尼略感难为情，和柯贝内拉故作淡定地又望向窗外，然而捕鸟人却时不时地看向这边，似乎还在不停地感叹着。

"马上就要到天鹰[29]站了。"柯贝内拉望着对岸三个排列整齐的角标，比照着手上的地图说道。

焦班尼不知为何突然可怜起了坐在旁边的捕鸟人。他心想："这人只要捕到白鹭就能欣喜不已，然后用白布捆绑好猎物，还偷看别人的车票并禁不住感叹。"为了这位互不相识的陌生捕鸟人，焦班尼可以把自己身上的东西、食物等所有的一切全都送给他，甚至认为只要这人能够真正获得幸福，自己情愿做一只百年伫立在那片泛着光芒的银河河岸上的白鹭，任其捕捉。

至此，焦班尼再也无法抑制内心的激动，想要询问捕鸟人真正追求的是什么，可又觉得这个问题有些突兀和冒失。于是正当他不知所措地思考着的时候，回头一看，捕鸟人已不知去向了，行李架上的白色行李也不见踪影。焦班尼又急匆匆望向了窗外，心想捕鸟人会不会又张开了双腿，抬头仰望天空，做好捕鸟的准备，然而窗外只是一片美丽的沙砾和银白色的芒草波浪，不见捕鸟人宽大的背影和尖顶帽。

"那个人又上哪儿去了？"柯贝内拉也一脸茫然。

"是呀，又不见了！不知我们还能在哪里碰面，我还想跟他多聊上几句呢！"

"我也是这么想的。"

"一开始我还觉得这人有点烦，这会儿想起来有点不好意思了。"焦班尼以前从来没有说过这样的话，这是第一次产生这种奇怪的心情。

"好像有一股苹果的味道，难道是因为我正想着苹果吗？"柯贝内拉不可思议地环视着四周。

"我也闻到了苹果的味道，还闻到了野蔷薇[30]的香味。"焦班尼看了看四周，气味似乎是从窗外飘进来的，心想："现在是秋季，不应该闻到野蔷薇的香味。"

这时，一个六岁左右，满头乌黑头发的小男孩突然站在眼前，他穿着一件红色外套，纽扣没扣，衣服敞开着，露出一副惊恐的表情，全身发抖，赤裸着双脚。站在小男孩身旁的是一位身穿黑色西装、衣冠楚楚的高个子青年，他紧紧地牵着小男孩的手，姿态宛如疾风吹袭中巍然挺拔的榉树[31]一般。

"这儿是哪里呀？还真是漂亮！"青年身后跟着一个十二岁左右、茶色瞳孔、身穿黑色外套的可爱女孩，她挽着青年的手臂，一副惊讶的神情望着窗外的景色。

"这里是兰开夏郡[32]。不对，这里是康涅库德克特州[33]。也不对，我们这是来到天上了。你们看，那个是天空的标志。现在什么都不用怕了。是上帝在召见我们呢！"身穿黑色西装的青年高兴地对女孩说道。然而不知为何，他的额头上又出现了几道皱纹，一副十分疲惫的样子，勉强地微笑着让小男孩坐在焦班尼的旁边。

然后又温柔地向女孩指了指柯贝内拉旁边的座位，女孩顺势乖巧地坐了下来，双手交叉合在一起。

"我要去找姐姐。"刚坐下的小男孩神情大变，朝着刚坐进灯塔看守对面座位的青年说道。青年一言不发，露出悲伤的神色，盯着小男孩那头卷曲又湿漉漉的头发。这时，小女孩突然双手掩面抽泣了起来。

"爸爸和菊代姐姐还有很多工作要做，但是他们很快就会来找我们的。而且妈妈已经期盼很久了。她一定在想：我的宝贝正在唱着什么歌，在飘雪的早晨和小伙伴们手拉手在院子的草丛上嬉闹。妈妈是非常想念你的，还是快点去找妈妈吧！"

"嗯。幸好没有坐上那艘船。"

"嗯，不过你看，天空非常好看，还有那条壮阔的河流，那是整个夏天，我们唱着儿歌'星星一闪一闪亮晶晶'休息的时候，总能从窗户隐约瞧见的那片白茫茫的地方。是的，就是那里，漂亮吧，是那般璀璨夺目地闪耀着光芒。"

原本在哭泣的姐姐用手帕擦干了眼泪望向窗外。青年用教导似的口吻和姐弟俩说道：

"我们不需要再悲伤了，现在我们在这么漂亮的地方旅行，而且马上就要到上帝那里去了。那个地方既明亮又充满了芬芳，还有很多很多可爱的人。而且那些代替我们坐上小船的人一定都会得救，也一定会回到焦急等待他们的父母身边，回到各自的家里去。马上就要到了，我们要振作起来，开心一些，一起唱歌前进吧。"青年一边抚摸着男孩湿漉漉的黑发，一边安慰着姐弟俩，同时自己的脸上也逐渐焕发出光彩。

"你们是从哪里来的呢？发生了什么吗？"刚才的灯塔看守似乎明白了些什么，向青年问道。青年微微笑着答道：

"我们乘坐的船撞到了冰山，沉没了。这孩子的父亲因为有急事，两个月前先回国了，我们随后才出发的。我在上大学，是他们两个的家庭教师。在出发后的第十二天，是今天还是昨天来着，船体撞到冰山，然后开始倾斜，最后沉没在海里。当时月色朦胧，海面上浓雾弥漫。救生艇的左舷[34]有一半淹没在水里，已经无法承载所有人，这时候船只逐渐下沉，我拼命叫喊'让小孩子先上去'，旁边的人们马上让开一条路，并为小孩们祈祷。然而到救生艇的这条路上还有许多更小的孩子和他们的父母，我实在没有勇气去推开他们。但我想着拯救这两个小孩是我义不容辞的责任，就打算推开前面的孩子们。可又一想，这么拯救他们，不如把他们送到上帝面前，这样更能够让他们获得真正的幸福。至于违背上帝旨意的罪责，就让我一个人来承担，无论如何我都要拯救这两个小孩。可眼前这般光景，我恐怕是无能为力了。

"救生艇上挤满了小孩子，母亲们疯狂地亲吻着自己的小孩，和他们做最后的告别，而父亲们则强忍着悲痛笔挺地站在那儿，那一幕令人断肠。此时船只慢慢下沉，我已经做好了准备，紧紧地抱着两个小孩等待船只全部沉入海底，想着尽最大努力漂浮在海面上。不知是谁扔过来

了一只救生圈，但因为手滑又漂远了。我竭尽全力拆下甲板上的一块木板，三人如获至宝般牢牢地抓紧它。这时不知从何处传来了一阵歌声，于是大家用各国语言开始大合唱。与此同时伴随着一声巨响，我们掉进了海里，心想着大概率会被卷入漩涡，于是我紧紧地抱住他们两个。当我的意识还模糊的时候，我们就已经在这里了。这两个小孩的母亲是前年去世的。救生艇上的那些人一定都获救了，因为船上有很多经验丰富的水手，他们迅速地将救生艇划离了下沉的船只。"

这时候四周一片叹息和祷告声，焦班尼和柯贝内拉也隐约想起了一些曾经忘记的事情，红了眼眶。

"啊……那片大海应该是太平洋吧。在漂浮着冰山的北方汪洋上，一群人乘着小船，与狂风、冻结的潮水还有刺骨的寒冷全力抗争。我同情这些人，为他们感到过意不去。我究竟可以为他们的幸福做些什么呢？"焦班尼低垂着头，陷入了沉思。

"我也不知道什么是幸福。但我觉得不论遇到多么痛苦的事情，只要朝着正确的方向前进，哪怕是经历陡坡或是低谷，我们都能一步一步更靠近幸福。"

灯塔看守用安慰的口吻说道。

"是啊。为了获得最大的幸福，这一路上所经历的种种艰难险阻，都是上帝给我们的旨意。"青年祈祷般回答道。

那对姐弟早已筋疲力尽，靠在椅背上沉沉地睡过去了。刚刚还赤脚的小男孩不知何时已经穿上了一双柔软的白鞋。火车哐当哐当地行驶在闪烁着磷光的河岸边。对面的车窗外，可见草原如同放映着的幻灯片般一页一页翻过，高高的铁塔矗立其中。也可以看见成百上千个大小不一的角标，大的角标上还看得见闪烁着红点的测量旗。原野的尽头弥漫着一大片苍白的雾气，尽头那里或是更远的地方，袅袅升起各式各样朦胧的烽火，飘向那片变幻多端的黛蓝色的美丽天空。那清新透彻的微风中，氤氲着玫瑰的芬香。

"怎么样，这种苹果您还是第一次见到吧？"坐在对面的灯塔看守的膝盖上，不知何时出现了几个泛着金黄色和红色光泽的诱人苹果，他小心翼翼地用双手护着，以免苹果掉落。

"哎呀，这些苹果是从哪儿弄来的？真漂亮！这里出产这种苹果吗？"青年有些吃惊地问道，他眯着眼，侧着头，忘我地端详灯塔看守手里小心翼翼捧着的那几个苹果。

"来，请拿着吧，别客气，拿去吃！"

青年拿了一个，然后看了焦班尼他们一眼。

"哎，那边两位小少爷，你们也来拿一个吧。"

焦班尼听到自己被叫作"小少爷"，有点不开心了，但他没出声，倒是柯贝内拉礼貌地说了声："谢谢！"

于是青年亲手拿了两个分给他们，焦班尼只得起身也道了谢。

灯塔看守总算腾出双手，他把最后两个苹果轻轻地放在正熟睡的姐弟俩膝盖上。

"真是非常感谢您。这么漂亮的苹果是哪里栽培出来的呀？"青年一边仔细地看着苹果一边问道。

"这一带当然也有不少人从事农业，不过这些果实大多是自然成熟的。农民们也并非会特别辛苦地劳作。基本上是只要播种自己期望的种子，大部分都会自然生长然后丰收。稻谷是太平洋地区的品种，没有稻壳，且米粒足足比普通的大十倍，稻香也非常浓郁。但你们要去的地方，已经没有农业了。不论是苹果，还是点心，什么都没有，仅剩下微弱的香气，然后从毛孔扩散出去。"

熟睡的男孩子突然睁大了双眼说道：

"刚才我梦到妈妈了。她站在一个有着漂亮大柜橱和很多书的地方，笑眯眯地看着我并向我伸出双手。当我喊着'妈妈,我捡一个苹果给你吧'的时候就醒了。啊,现在是在刚才的那趟火车里面吗?"

"苹果就在这儿,是这位叔叔给你的。"青年说道。

"谢谢叔叔的苹果。小香姐姐还在睡觉,我叫醒她吧。姐姐,你看,这位叔叔送我们一人一个苹果呢。快起来看看!"

姐姐笑着睁开眼,似乎因为阳光有些刺眼,她用双手遮挡在眼前,然后看了看苹果。只见男孩子像是吃苹果饼一样迅速地啃着苹果,那层削掉的漂亮苹果皮,仿佛软木塞开瓶器一般呈螺旋状,在垂落到地板上的瞬间,幻化出一道灰色的光芒,然后蒸发不见。

焦班尼他俩小心翼翼地把苹果藏

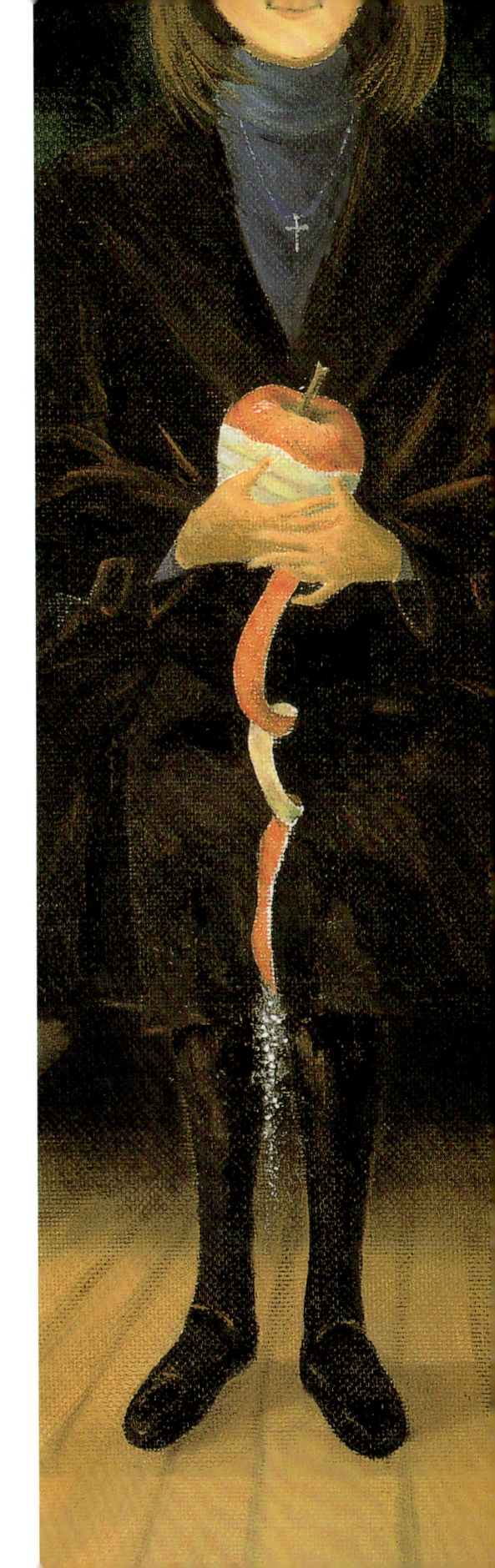

进衣袋里。

在河流下游的对岸，有一大片青葱茂盛的树林，树枝上结满熟透了的、红彤彤的圆果。树林正中央矗立着一座高耸的三角标，从树林深处随风传来阵阵美妙动听的乐声，仿佛是一首管弦乐和木琴共同演绎的协奏曲一般，令人陶醉，令人迷恋。

青年陶醉得不禁全身发抖。

侧耳静静地聆听，那声音就像是一大片黄色或淡绿色的明亮田野或地毯在不断扩展，抑或像是洁白如蜡的露水从太阳的表面轻轻擦过。

"看，那只乌鸦！"柯贝内拉旁边那位叫小香的小女孩大声喊道。

"那不是乌鸦，是喜鹊。"柯贝内拉用没有任何恶意却又像是斥责一般的口吻说道，一旁的焦班尼看见柯贝内拉如此一本正经的模样，不禁笑了起来。这让小女孩有些尴尬。可以看到在河滩一片银白色的光芒上方，确实有成群结队的黑鸟一动不动地沐浴在河流的微光之中。

"那确实是喜鹊！它们脑袋后面的羽毛特别长。"青年像是在仲裁一般说道。

刚才还矗立在对面那片郁郁葱葱的森林中的三角标，现在已朝着列车扑面而来了。此时，从火车后方遥远的地方又传来了赞美歌熟悉的旋律，似乎是大家在合唱。青年的脸突然变得苍白，站起身想到那边去，却又改变了主意坐回原位。小香用手帕捂住了脸。连焦班尼也感到一阵鼻酸。不知不觉间，有人带头唱起了那首歌，歌声越来越响亮。最后甚至连焦班尼和柯贝内拉也都加入了大合唱的阵容。

接着，那片绿色的橄榄[35]森林，在看不见的银河对面闪烁着光芒，然后渐渐消失在火车后面。从树林深处传来的奇特乐声，也被火车的轰鸣声和呼啸的风声淹没，只剩下一丝微弱的声音。

"啊！有孔雀！"

"对啊，有很多呢！"小女孩回答道。

焦班尼望着那逐渐变小，只剩下如同一个绿色贝壳纽扣大小的森林上方闪烁着的蓝白色的光芒，那是孔雀张合翅膀时出现的反光。

"对了，刚刚我好像听到了孔雀的声音。"柯贝内拉对小香说道。

"是的，大概有三十只。听起来像是竖琴的声音，那就是孔雀发出来的。"小女孩回答道。焦班尼突然感到一股无法言语的悲伤，露出一副可怕的表情，说道：

"柯贝内拉，我们从这里跳下去玩吧。"

河流分成两条。在漆黑的小岛中央，高耸着一座瞭望台，上面站着一个男人，他身穿一件宽松的衣服，头上戴着一顶红色的帽子。双手分别持一面红色和蓝色的旗帜，正仰望着天空，在发信号。当焦班尼看着那个男人的时候，只见那人先是频繁地挥舞红旗，接着迅速放下红旗藏在身后，然后再高高举起蓝旗，就像是交响乐团的指挥一般，奋力挥动着旗帜。此时，空中传来宛如阵雨一般的声音，一团团黑压压的东西如同子弹一样，迅速地朝河流对面飞扑而去。焦班尼忍不住从窗户探出半个身子，眺望着远方。在美丽的黛蓝色天空下，数以万计的小鸟各自成群结队地忙碌着，一边啼叫一边掠过。

"鸟儿飞过去了！"焦班尼望着车窗外说道。

"我看看。"柯贝内拉也跟着仰望天空说道。此时，站在瞭望台上那个身穿宽松衣服的男人，突然举起红旗，疯狂地挥舞了起来。瞬间，不再有鸟群飞来。与此同时，从河流下游传来一阵倒塌的轰鸣声，接着又陷入了一阵寂静。随后，那个头戴红帽的信号员又挥动起蓝旗，叫喊着：

"候鸟们！现在正是飞渡的时候呀！候鸟们！现在正是飞渡的时候呀！"声音清晰而响亮。此时，又有成千上万只候鸟在天际翱翔而过。那个小女孩也把头从他们两个中间的窗户伸出去，抬起那张泛着光芒的美丽脸庞，兴高采烈地仰望着天空。

"呀！真的有好多鸟儿！天空也太好看了吧！"小女孩和焦班尼搭话。但焦班尼只觉得她是一个有点自大、令人生厌的人，于是焦班尼紧闭双唇，继续仰望天空。小女孩微微叹了一口气，默默地回到自己的座位。柯贝内拉一副很同情的样子，从窗外收回脑袋，看起了地图。

"那个人是在引导鸟儿吗？"小女孩悄咪咪地询问柯贝内拉。

"嗯，是在给候鸟发信号。我想应该是某个地方正在燃烧烽火吧。"柯贝内拉有些没有把握地回答道。于是，车厢内陷入了一片静默。此时的焦班尼非常想把脑袋从车窗外缩回来，但是在明亮的地方又会让他感到难受，于是只好默默地保持原来的姿势站立着，并吹起了口哨。

"为什么我会这么悲伤呢？我必须让自己有一份美丽的心情，还要拥有更宽广的胸怀！从这里可以隐约望见河对岸的远方，正闪烁着点点烟雾般的小蓝火。那火光看起来宁静而又冰凉。我要好好地望着它，抚慰自己的内心。"焦班尼双手按住发热而疼痛的头部，望着那一边。"哎，真的没有人能够陪我一起走下去吗？就连柯贝内拉也跟那个女孩子在愉快地聊天，这实在让我难以忍受。"焦班尼眼里满含泪水，银河渐渐远去，最后只能看到白茫茫的一片。

此时的列车已经渐渐远离河边，行驶在悬崖上。对面的河岸沿着黑黝黝的山崖，越往下游的方向越高。忽然一株高大的玉米映入眼帘。在卷曲着的玉米叶底下，绿色的美丽大玉米苞已经吐出红色的玉米须，甚至可以看到珍珠般的玉米粒。数量逐渐增多的玉米株一行一行地排列在山崖和铁轨之间。焦班尼从窗外抽回身来，朝对面车窗望去，视线所及天空下那片美丽原野的地平线尽头，全部都种满了高大的玉米。玉米株随风徐徐摆动，沙沙作响。卷曲茂密的玉米叶上，布满了露珠，仿佛白天充分吸收了日光的钻石一般，泛着红的、绿的光芒，晶莹剔透。

"那些是玉米吧？"柯贝内拉向焦班尼询问道。

可焦班尼怎么也提不起劲儿来，呆呆地眺望着田野，淡淡地回了一句："应该是吧。"

此时的火车渐渐安静下来，经过了几盏信号灯和道岔的指示灯后，停在了一个小车站内。

位于正前方的银白色时钟，指针正好对准了两点。风停了，火车也不行驶了，万籁俱寂的原野上，只有那个时钟在嘀嗒嘀嗒地记录着时间。

在嘀嗒嘀嗒的钟摆声中，隐隐约约可以听到从遥远的原野尽头传来的一丝丝旋律声。"这是《新世界交响曲》[36]。"坐在对面的女孩子望着这边，自言自语般轻声说道。此时此刻，车厢里包括那位穿着黑色服装的高个子青年，所有人似乎都沉浸在一个温柔的梦乡里。

"在这么岁月静好的时刻，为什么我不能更快活一些呢？为什么我会感到一丝丝的孤单和悲伤呢？但是柯贝内拉也太过分了吧，明明他是跟我一起上的这趟火车，可现在却一个劲儿地跟那个女孩子聊天，真是让我很难过。"焦班尼用双手遮住半边脸，凝视着对面的窗外。随着宛如玻璃般清透的汽笛声响起，火车缓缓启动，柯贝内拉也很无聊地吹起了小星星的口哨。

"嗯……这里已经是高原了。"身后传来一个爽朗的声音，听起来像是来自一位刚睡醒的老人。

"这里的玉米如果没有用棍子挖一个两尺深的坑再播种，是长不出来的。"

"是吗？！那这里距离河水还有一段很远的距离吧？"

"是的，起码有两千尺到六千尺的距离呢。这里简直就和险峻的峡谷一样。"

焦班尼突然想到这里不就是科罗拉多高原吗！而此时的柯贝内拉又很无聊地吹起了口哨。女孩的脸蛋儿像是被丝绸包裹着的苹果一般细腻有光泽，她正朝着焦班尼注视的方向望去。

玉米株突然全部消失，紧接着一大片黑压压的原野蔓延开来。《新世界交响曲》终于在地平线的尽头清晰地涌出，漆黑的原野上出现了一个印第安人，只见他头上插着白色羽毛，手腕和胸前佩戴着许多装饰用的石头，弓箭上正搭着一根利箭，一股脑儿拼命地追赶着火车。

"哎呀，那是印第安人，印第安人来了。姐姐你快看！"

穿着黑色衣服的青年也睁大了眼睛看向车窗外。焦班尼和柯贝内拉也站了起来跟着看。

"追上来了，追上来了。他是在追火车吗？"

"不是追火车。他可能是在打猎，或者是在跳舞。"青年似乎忘了现在自己身在何处，将双手插进口袋站起来说道。

看样子印第安人是在跳舞吧。如果是追火车，应该不至于是这种乱

蹦乱跳的步伐，应该会更认真地追赶吧。这时候，头上插着的那片白色羽毛突然整个向前倾倒，印第安人笔直地站在那儿，敏捷地拉弓射向天际。一只仙鹤晃晃荡荡地从天空中坠落下来，不偏不倚正好掉在跑来的印第安人那张开的双臂中。印第安人一副很是开心的样子站在那里。不一会儿，他拿着仙鹤向这边眺望的身影逐渐变小，电线杆上的绝缘瓷瓶陆陆续续闪现出两道光芒之后，玉米田再度出现。从这边车窗看去，便可知道列车确实是行驶在高耸陡峭的悬崖上方，而悬崖之下可见峡谷深处的河水在奔流着。

"嗯，从这里开始就是下坡路了，然后一口气一直下到水平面，这相当不容易。这样的倾斜角度，火车是不可能从相反方向行驶过来的。你看，火车的速度越来越快了。"这说话的声音像是刚才那位老人的。

火车沿着铁轨朝下方行驶而去。当接近悬崖边的时候，终于可以看见悬崖下方正在流淌着的明澈的河流。焦班尼的心情豁然开朗。当火车经过一间小茅屋时，他看见一个小孩无精打采、孤零零地站在那儿，朝这边张望着，还忍不住喊了一声。

火车飞快地向前行驶着。车厢里的半数以上的乘客因为惯性向后倾倒，一个个紧紧地抓住座椅。焦班尼和柯贝内拉忍不住一起笑了起来。银河仿佛就在火车旁，比往常更加汹涌地奔流着，波光潋滟，不时地闪烁着，淡红色的瞿麦花开满了整个河岸。火车终于慢慢地平稳下来，缓缓地继续向前行驶。

对面和这边的岸上都竖立着画有五角星和十字镐的旗帜。

"那是什么旗？"焦班尼终于开口说话了。

"我也不太清楚，地图上没有标明。那边还有一艘铁船呢。"

"啊，真的！"

"是不是在修桥啊？！"小女孩插嘴说道。

"啊，我知道了。那应该是工兵[37]的旗帜吧！他们在进行架桥的演习。可是怎么没有看到部队的踪影呢？"

这时候在对岸的下游处，那片遥远的天河水突然闪烁着发出亮光，瞬间高涨起一道水柱，随即发出"轰"的一声巨响。

"是爆破。那是爆破！"柯贝内拉不禁跳了起来。

等那道高高涌起的水柱下落之后，肥硕的鲑鱼和鳟鱼露出白闪闪的肚皮，一条一条被直直地抛向空中，然后划了一个圆圈后再次落入水中。焦班尼见状激动得快要跳起来，心情也变得轻松而愉快。

"是天上的工兵大队！你看，鳟鱼竟然可以被抛得那么高！这是我第一次经历这么有趣的旅程，真是太棒了！"

"不靠近岸边看的话，还不知道鳟鱼有这么大呢！没想到这儿的水里有这么多的鱼呢！"

"也有小鱼吧！"小女孩被话题所吸引，也加入了对话。

"应该有的吧。有大的，就会有小的。但这儿距离太远了，所以看不见小鱼。"焦班尼的心情已经完全好转了，他兴致勃勃地回答小女孩的问话。

"那个一定是双子星[38]王子的宫殿吧！"小男孩突然指着窗外大声喊道。

在右边低矮的小山上，并排坐落着两座宛如水晶堆砌而成的宫殿。

"什么是双子星王子的宫殿啊？"

"我以前听妈妈讲过好多次，说是两座小水晶宫并排耸立着。绝对是这里了。"

"说来听听，双子星王子做过什么呢？"

"我也听说过。双子星王子会跑到田野上玩耍，还跟乌鸦吵架，对吧？"

"才不是呢。是妈妈在天河岸边讲的那个故事……"

"后来彗星[39]就咻咻咻咻咻咻地冲过来。"

"不是啦，小正你别捣乱，那是另一个故事。"

"所以接下来才会在那里吹着笛子吧？"

"是要到海边了吧？"

"不是的。早就从海里上岸了。"

"哦，对对对，我知道了，让我来讲吧。"

此时河流对岸突然一片通红。杨树等一切都沉浸在一片漆黑中，原本看不见的天河波澜，此时也闪烁着针状的点点红光。对岸的草原上似乎燃起了熊熊火焰，滚滚的黑色浓烟仿佛要将高高的冷冽的黛蓝色天空烧焦一般。那火焰比红宝石还要鲜艳剔透，比合金玻璃更加美丽动人。

"那是什么火光啊？在烧什么东西，才能发出如此通红的火焰？"焦班尼问道。

"那是天蝎之火。"柯贝内拉对照着地图回答道。

"啊，是天蝎之火呀。那我知道。"

"天蝎之火是什么？"焦班尼问。

"天蝎被烧死了。据说那场大火一直烧到现在。我听我爸爸讲过好几次这个故事。"

"天蝎是虫子吗？"

"是的，天蝎是虫子，还是益虫呢！"

"天蝎可不是益虫。我在博物馆看到过被泡在酒精里的蝎子，它的尾巴上有毒刺，老师说过如果被它蜇到的话会死掉的。"

"没错，但它也是益虫，我爸爸说的。从前，在巴尔杜拉草原上，有一只小天蝎专门吃小虫子，一天它遇上了黄鼠狼，险些被吃掉。它拼命地逃跑，眼看就要被抓住的时候，一不小心掉进了一口水井，怎么也爬不上来。眼看天蝎就要被水淹死了，此时它在内心祷告着：'唉，我以前不知吃掉了多少生命。如今换作我被黄鼠狼追捕，我是这么狼狈地奔逃，最终还是落到这一地步。唉，现在我已经是毫无希望了。那我为什么不乖乖地让黄鼠狼吃掉呢？这么一来它还能多活一天呢！上帝呀，请体察我的心意，不要这么白白地浪费了我这卑微的生命。为了让大家获得真正的幸福，就请使用我的身体吧！'于是，天蝎看见自己的身体燃起了通红而美丽的火焰，照亮了四周黑暗的夜。爸爸说过，火焰至今还一直在燃烧，所以那就是天蝎之火。"

"是啊，你们看！那边的三角标正好排列成一只天蝎的形状。"

焦班尼也觉得火焰对面的三个三角标像是天蝎的臂膀，而靠近这边的五个三角标则像天蝎尾巴末端的毒刺。那片通红艳丽的天蝎之火正无声无息地燃烧着，耀眼而明亮。

那团火焰逐渐消失在火车的后方，人们安静地聆听着夹杂着口哨声和嘈杂讲话声的交响乐曲，还能闻到一股花草散发的芬芳。这一切让人感觉像是附近的镇上,人们正在欢庆着节日一般。

"半人马星座,快降露水吧!"一直睡在焦班尼身旁的小男孩突然看着对面的车窗叫了起来。

只见那里有一棵像圣诞树一样翠绿的桧树[40],树上装饰着无数只小灯泡,仿佛聚集着成千上万只萤火虫,闪闪发光。

"对了,今晚是半人马星座节呢!"

"没错!这里是半人马星座村。"柯贝内拉马上回应道。

"我投球可是很准的。"

小男孩非常自豪地说道。

"马上就要到南十字星站了,我们准备下车吧。"青年对姐弟俩说道。

"我还想继续坐火车。"小男孩说。柯贝内拉身旁的小女孩忐忑不安地站起身来准备下车,可心里似乎不太情愿与焦班尼他们分开。

"我们必须在这一站下车。"青年紧绷着脸低头对小男孩说道。

"不要。我还要再坐一会儿火车,然后再去。"

"那就跟我们一起继续搭火车下去吧。我们的车票是可以到达任何一个地方的。"焦班尼忍不住说道。

"可是我们必须在这里下车。"小女孩有些惆怅地说道。

"已经准备好了吗?我们马上就要到南十字星站了。"

"好了,我们要下车啦!"青年拉起小男孩的手,磨磨蹭蹭地朝出口那边走去。

"再见啦!"小女孩回过头向两人道别。

"再见。"焦班尼强忍着泪水,耍小性子似的硬邦邦地回应道。小女孩非常难过地睁大眼睛,再次回头望了他们一眼,然后默默地走出了车厢。火车上的乘客下了一大半,空荡荡的车厢显得格外凄清寂寥,一阵阵寒风呼啸着吹进车厢。

窗外,只见人们恭恭敬敬地排着整齐的队伍,一个身穿白衣的人横渡过不见形影的天河,伸出双手朝这边走来。这时候,像玻璃般清脆的汽笛声响起,火车开始慢慢向前行驶,银白色的云雾从河流下游迎面飘来,一瞬间什么也看不清了。只能看见许多核桃树的叶片在雾气中闪烁着光芒，带有金色光晕的电松鼠，也不时地探出可爱的小脸蛋，在云雾中四处张望着。

突然，缭绕的云雾又瞬间散去，出现了一条不知通往何方的街道，路旁点着一排小灯泡。火车仍然沿着铁轨继续向前行驶。当两人经过那排小灯泡时，微弱昏黄的小灯泡一灭一亮的，似乎在向他们打招呼。

焦班尼深深地叹了一口气。

"柯贝内拉，又只剩下我们两个了，无论到哪里我们都要一起哦！我要像那只小天蝎一样，只要能够让大家获得真正的幸福，就算身体被燃烧千万遍也在所不惜。"

"嗯，我也是。"柯贝内拉眼里泛出晶莹的泪光。

"可是真正的幸福究竟是什么呢？"焦班尼喃喃问道。

"我也不知道。"柯贝内拉怅然地回答道。

"那我们一起好好努力吧！"此时的焦班尼心里充满了力量，深深地吸了一口气说道。

"哎，那不是煤袋星云[41]吗？像是天空的洞穴一般。"柯贝内拉一

边避开视线,一边指着天河的一处说道。焦班尼往柯贝内拉指的方向望去,不禁倒吸了一口气,天河里竟然出现了一个巨大的黑色洞穴。它究竟有多深?里面到底有什么?无论怎么揉搓眼睛也看不清,只是感觉眼睛十分地刺痛。焦班尼说道:

"就算是再大的黑洞我也不怕,我一定要去寻找属于大家的真正幸福。不管到哪里,我们都要一起前往,一起去探寻。"

"嗯,我们要一起去!欸,你看,那边的草原多么辽阔美丽!聚集了好多人,啊,在那里的是我妈妈!"柯贝内拉突然指着窗外那片遥远的美丽草原大声叫了起来。

焦班尼朝柯贝内拉指向的地方张望着,只见那边一片白茫茫的雾气,并没有看见柯贝内拉说的那些景象。于是,一股难以言喻的惆怅感从心底油然而生,焦班尼有点恍惚地望向对岸。对面河岸上的两根电线杆,像是交叉手臂一般架着一根红色的横木[42]竖立在那里。

"柯贝内拉,我们一起去吧!"焦班尼说着回过头来,发现刚刚还在座位上的柯贝内拉已经不见了踪影。只剩下黑色天鹅绒的座椅在那里闪闪发光。焦班尼如同子弹出膛般腾地一下站起身,努力不被人看见,将身子探出窗外,竭力地捶打着自己的胸膛,大声嘶吼,扯开嗓门儿失声痛哭出来。他感觉到四周已被黑暗包围。

焦班尼睁开了眼睛。原来他是因为太过疲惫,躺在山丘的草地上睡着了。他感觉胸口发闷,滚烫的脸颊上挂着两行冷冰冰的泪水。

焦班尼像是弹簧一般迅速站起身。小城镇依旧灯火通明,但似乎比刚才更加温暖。方才梦里横渡过的天河一如往昔,白茫茫的一片挂在天际,黑洞洞的南方地平线上空烟雾缭绕,右侧的天蝎座红星闪烁着美丽的光芒,天空的整体排列似乎没有任何变化。

焦班尼一口气跑下山丘。心里一直惦记着家里等着自己、还没吃晚饭的母亲。他不停地奔跑着,穿过黑漆漆的白杨树林,绕过白色牧场的栅栏,从刚才的入口再次来到昏暗的牛奶店前。这次多了一辆车停在那边,似乎有人从外面刚刚回来，车上还放着两个不知装了什么的木桶。

"晚上好！有人在吗？"焦班尼朝里头喊了一声。

"马上来了！"一位身穿白色宽松长裤的人从里面走了出来。

"有什么事吗？"

"今天我家没收到牛奶。"

"啊，很抱歉。"那人马上从里面拿来一瓶牛奶递给焦班尼，接着解释道：

"真是非常抱歉。今天下午我忘记关上小牛的栅栏，它就趁机跑到母牛那儿，吃掉了大部分的牛奶……"那人一边解释一边笑了。

"是吗？我该回去了。"

"好的，真是不好意思了。"

"没关系。"

焦班尼双手抱着还温热的牛奶瓶走出了牧场的栅栏。

他穿过一段林荫道，走上大街，继续往前又走了一会儿，来到了十字路口。右边街道尽头就是刚才柯贝内拉他们去放灯笼的河流，河上横跨着一座大桥，隐隐约约耸立在夜空中。

在十字路口的街边店铺前，聚集着七八名女子，她们正一边望着大桥的方向，一边交头接耳地谈论着什么。桥上也灯火通明。

焦班尼不觉间心凉了大半截，突然冲着旁边人大声问道：

"出什么事了吗？"

"有小孩掉到河里了。"有人回答道，其他人则不约而同地看向焦班尼。焦班尼不顾一切地飞奔向大桥。桥上挤满了人，完全看不见河流，人群中还有穿着白色警服的警察。

焦班尼从桥墩处飞快地跑到下面比较宽阔的河岸边。

只见许多人举着灯火沿着河岸匆匆忙忙地来回走动。对岸黑漆漆的堤坝上也有七八个灯火在移动。河面上早已不见王瓜灯笼的踪影，只剩下灰暗的河水发出微弱的声音，静静地流淌着。

河流下游的尽头有一块沙洲，聚集了很多人，黑压压地站成一片。焦班尼飞快跑到那里，竟然遇到刚才和柯贝内拉在一起的马鲁苏。马鲁苏跑过来对焦班尼说道：

"焦班尼，柯贝内拉掉河里了！"

"怎么会！什么时候掉进去的？"

"扎内利想从船上把王瓜灯笼推到河里去，结果船只一个摇晃，他就从船上掉进河里了。柯贝内拉为了救他马上跳了下去，然后把扎内利推向船边，扎内利抓住加藤得救了，然而柯贝内拉却不见了踪影。"

"大家都在找吧？"

"嗯，是的。很快大家都赶来了，柯贝内拉的父亲也赶到了。可是怎么也找不到。扎内利已经被带回家了。"

焦班尼朝人群聚集的地方走去，只见面色铁青、尖下巴的柯贝内拉父亲身穿黑色衣服直挺挺地呆立在河边，四周围满了学生和镇上的人，他紧紧地盯着拿在右手的手表。

众人目不转睛地盯着河面，没有人说一句话。焦班尼心里非常不安，双腿都在打战。捕鱼用的乙炔灯在黑暗中来来回回忙碌地穿梭，照得灰暗的河水微波闪闪。

下游处，辽阔的银河倒映在河面上，看起来像是一整片星空。

焦班尼感到柯贝内拉会永远留在那条银河上了，心头不禁涌起一阵悲伤。

但人们还是希望柯贝内拉下一刻就会从波浪中探出头，说一声"我游了好久好久"，或者是游到了一个无人知晓的沙洲，正等待着人们去搭救。这时候，柯贝内拉的父亲断然说：

"已经不行了，从落水到现在已经超过四十五分钟了！"

焦班尼想都没想冲到了博士面前，想告诉他自己知道柯贝内拉的去向，因为他刚刚一直都和柯贝内拉待在一起。可是他的喉咙好像被堵住了似的，什么也说不出来。博士以为焦班尼是前来问候的，便仔细地端详了焦班尼一阵子，亲切地说道：

"你是焦班尼吧？今晚谢谢你来到这里！"焦班尼半天说不出来一句话，只是一个劲儿地鞠躬行礼。

"你父亲回来了吗？"博士紧紧地握着手表又问道。

"还没回来。"焦班尼微微地摇了摇头。

"怎么回事?前天他还给我来信呢,信上说一切都好。这两天应该就会到了!有可能是延误了。焦班尼,明天放学后和大家一起来我家玩吧!"

说着,博士又将视线移向下游倒映着银河的河面,凝视着静静流淌的河水。

焦班尼内心百感交集,他一声不吭地从博士面前离开。焦班尼想快点把牛奶拿给母亲,并把父亲要回来的消息告诉她,于是沿着河岸一溜烟地往镇子的方向跑去。

用语解说

印刷厂

1 **王瓜**

葫芦科，属多年生草质藤本植物，果实卵圆形。直到昭和时代初，为了庆祝旧历七夕节，岩手县的小孩子们还会摘王瓜的果实，做成灯笼，提着外出。

2 **侧柏**

侧柏是柏科侧柏属常绿乔木，高约达20米，广泛用于建材。材质细密，呈白黄色，有淡香，纹理平滑流畅。

3 **轮转印刷机**

用于快速大批量印刷。在转筒上加入大量的油墨，通过转筒不停地滚动，将油墨印刷在纸上，实现连续的印刷。

家

4 **海獭**

海獭，鼬科海獭属的一种哺乳动物，生活在北太平洋沿岸。体长1~2米，黑褐色皮毛，后肢有蹼。常浮在海面上，用石头获取贝壳食用，吃东西的样子十分可爱。因其皮毛的商业价值，海獭曾被随意大量捕捉。

半人马星祭之夜

5 **半人马星祭**

半人马星祭是作者创造的词语，实则是银河祭。结合日本的七夕节和意大利的圣祭所产生的节日。半人马座位于南十字星以北，处女座以南。星座中的主星是恒星里面距离太阳最近的，大概有四光年。半人马在希腊神话中是上半身为人类、下半身为马的怪人一族。

6 **巨蛇**

指巨蛇座，位于天鹰座和天蝎座之间。

7 **水瓶**

指水瓶座，位于摩羯座以东，双鱼座以西。

8 **蝎子**

天蝎座位于天秤座的东边，射手座的西面。夏天傍晚，南方向低空中会呈现"S"字形。主星是天蝎座 α 星，是一颗红色的巨大形体，比火星还要红艳。在希腊神话中猎杀了猎人奥利安。

9 **大力神**

指武仙座，是北半球的星座，位于天琴座西边。赫拉克勒斯在希腊神话中是最大的英雄，打败了众多猛兽和怪物。

10 **橡树**

属壳斗科落叶高木，栎属植物统称。树木高达25～30米甚至以上，果实为橡子，多生长于山地。

11 **星星相关的口哨**

作者宫泽贤治作曲《星星之歌》，旋律与此相似。

气象轮柱

12 **气象轮柱**

关于气象轮柱有各种说法,在《宫泽贤治词汇字典》(东京书籍出版)中的意思是地藏车、念佛车、血缘车等。在日本东北地区的风俗中,寺庙、墓地或者村头的地方会矗立一根大柱子,用于祈祷放晴、降雨等有利于农耕的气候,或者祈祷亡人的冥福。石造的柱子上镶嵌铁制圆环,祈祷的时候,虔诚地往右转动铁环,或者向左转动铁环。

13 **大熊座**

大熊座是北天星座之一,其中的七颗亮星被称作北斗七星,勺子的形状在西方国家则像是熊的尾部。另外其附近还有小熊座,北极星就位于小熊座的顶端处。

14 **风铃草**

桔梗科,风铃草属二年生宿根草本植物。

15 **天琴星**

天琴座的主星是天琴 α,也就是七夕节的织女星。呈蓝色光芒,北天银河中最灿烂的星座之一,位于天鹅座的西面。

银河火车站

16 **天鹅**

这里指天鹅座,为北天星座之一。

17 **磷光**

某些物质受摩擦、振动或光、热、电波的作用所发的光,如金刚石经日光照射后,在暗处发出的青绿色光。

18 **龙胆花**

属龙胆科多年生草本植物。高 30~60 厘米,叶子形状类似竹叶,秋天开花,呈紫色钟状。

19　**月长石**

也称月光石,长石的一种。呈乳白色,透明,具淡蓝色晕彩。

北十字星和普里奥新海岸

20　**北十字星**

北十字星又名天鹅座。十字星有北十字星和南十字星。天鹅座沉浸在茫茫的天河中,两侧有洞穴一般的巨大暗黑云。本书的旅程始于北十字星,终点是南十字星。

21　**磷火**

经常出现在夜间山野的鬼火,传说是从狐狸的嘴巴中吐出来的。

22　**刚玉**

刚玉是一种由氧化铝(Al_2O_3)的结晶形成的矿物,有蓝色、红色、黄色、灰褐色等各种颜色。一般称为红宝石和蓝宝石等。

23　**第三纪**

第三纪是地质时期新生代中最老的一个纪,距今约6500万~260万年。这个时期形成了阿尔卑斯山脉、喜马拉雅山脉等,且哺乳动物和被子植物极为繁盛。

捕鸟人

24　**鼠曲草**

鼠曲草属于菊科一年生草本植物。多生长在河岸,茎高可达40厘米或更高。叶细,且茎叶处长满白色的绒毛。夏天开花,花呈黄色。

25 **桔梗**

桔梗科多年生草本植物。秋天的七种草之一，自生于山野草原，茎顶生着数朵深紫色钟形花。

焦班尼的车票

26 **阿尔比里奥**

天体阿尔比里奥（albireo）又被称为天鹅座 β，由蓝、黄两颗恒星组成的双星。双星是指由两颗或者三颗绕着共同的中心旋转的恒星组成，对于其中一颗来说，另一颗就是其"伴星"。

27 **三次元空间**

即三维空间，从想象的"第四次元的银河铁道"所看到的地球世界为三次元空间。

28 **四次元**

指包含时间轴的时空，人类身处的实际的时空就是四维的，这也是相对论的假定之一。

29 **天鹰**

指天鹰座，是黄道周边的星座之一，位于天琴座之南，人马座之北。主星是牛郎星，即七夕中的牛郎星。

30 **野蔷薇**

属蔷薇科落叶攀缘灌木。高约 2 米，常见于山野。初夏花朵盛开，香味浓重。

31 **榉树**

属榆科落叶乔木。高达 30 米，胸径达 1 米。榉树侧枝发达，可作为防风林带树种。

32 **兰开夏郡**

英国英格兰西北部之郡。

33 **康涅库德克特州**

指康涅狄格州，美国东北部新英格兰地区 6 个州之一，北接马萨诸塞州，东接罗德岛州，西毗纽约州，南隔海峡与长岛相望。

34 **左舷**

从船艉向船头看，左边是左舷，右边是右舷。船只的左右两边一般备有一定数量的救生船。

35 **橄榄**

橄榄科的常绿乔木植物，原产中国。多生长在亚热带地区，种子可以榨油。日语中常常使用的油橄榄则是另外一个品种。

36 **新世界交响曲**

捷克作曲家安东·德沃夏克的 E 小调第九号《新世界交响曲》，该音乐是其被邀任纽约国家音乐学院院长后长期思索创作的。新世界指的是美国这个新大陆。

37 **工兵**

又称工程兵，主要任务是构筑指挥所、建筑道路、架设桥梁、建立通信枢纽。

38 **双子星**

指双子座，α 星为北河二，β 星为北河三，从颜色上来命名，前者为银星，后者为金星。在希腊神话中，双子座是由一对孪生兄弟波拉克斯和卡斯托化身而成的，他们是宙斯和公主勒达的儿子。

39 **彗星**

太阳系中的一类小天体。以太阳为焦点，形成椭圆或双曲线轨道。本体称为彗核，是固定状态，由水、氨、二氧化碳、冰块组合而成。当靠近太阳时，彗星在太阳辐射作用下分解成彗头和彗尾，状如扫帚。

40 **桧树**

属柏科常绿针叶乔木。

41 **煤袋星云**

煤袋星云是银河中的一种暗星云。暗星云指的是银河系中不发光的弥漫物质所形成的云雾状天体，密度足以遮蔽来自背景的发射星云或反射星云的光，或是遮蔽背景的恒星。煤袋星云是南十字座附近最显著的暗星云。北十字座附近也有一样的物质存在。

42 **横木**

电线杆顶部的横杆，用于支起电线。

图书在版编目（CIP）数据

银河铁道之夜 / （日）宫泽贤治著；（日）田原田鹤子绘；黄竞颖译 . -- 杭州：浙江人民出版社，2022.10

ISBN 978-7-213-10761-0

Ⅰ.①银… Ⅱ.①宫…②田…③黄… Ⅲ.①童话-日本-现代 Ⅳ.① 1313.88

中国版本图书馆 CIP 数据核字（2022）第 162289 号

浙江省版权局
著作权合同登记章
图字：11-2022-220号

Ginga Tetsudô no Yoru – Miyazawa Kenji Dôwa Kessakusen
Text by Kenji Miyazawa, Illustrations by Tazuko Tahara
Illustrations copyright © 2000 by Tazuko Tahara
First published in Japan in 2000 by KAISEI-SHA Publishing Co., Ltd., Tokyo
Simplified Chinese translation rights arranged with KAISEI-SHA Publishing Co., Ltd.
through Japan Foreign-Rights Centre/ Bardon-Chinese Media Agency

银河铁道之夜

YINHE TIEDAO ZHI YE

[日]宫泽贤治 著 　[日]田原田鹤子 绘 　黄竞颖 译

出版发行	浙江人民出版社（杭州市体育场路347号 邮编 310006）
责任编辑	钱　丛
责任校对	王欢燕
封面设计	魏　魏
印　　刷	天津丰富彩艺印刷有限公司
开　　本	787mm×1092mm　1/16
印　　张	7
字　　数	50 千字
版　　次	2022 年 10 月第 1 版
印　　次	2022 年 10 月第 1 次印刷
书　　号	978-7-213-10761-0
定　　价	56.00 元

如发现印装质量问题，影响阅读，请与市场部联系调换。

质量投诉电话：010-82069336